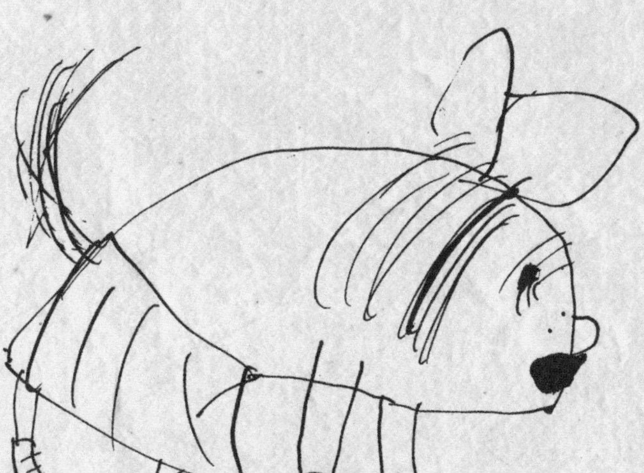

Handreichung

von Mark Twain

für Helmut Kolb,
Mai 27. 2017

für freche Fräulein

Bilder von Vladimir Radunsky

der nicht so gerne dicke Bücher liest - - - - -

aufbau

Als anständiges kleines Fräulein sollte man seinem Lehrmeister nicht bei jeder unbedeutenden Kränkung eine Grimasse schneiden. Zu derartiger Vergeltung ist nur unter besonders schwerwiegenden Umständen zu greifen.

PFRRRR!
SHPFFFFF!
SHPFFF!!!

Wenn man selbst nur eine mit Sägespänen gefüllte Lumpenpuppe besitzt, während die vom Glück verwöhntere Spielkameradin eine aus edlem Porzellan ihr eigen nennen darf, sollte man sie nichtsdestotrotz mit Gesten der Freundlichkeit bedenken. Und es ist von dem Versuch abzuraten, sie gewaltsam zum Tausch zu zwingen, es sei denn, das eigene Gewissen liefert einem hierfür eine Rechtfertigung und man weiß, dass man Erfolg haben wird.

Man sollte dem kleinen Bruder seinen Kaugummi niemals mit nackter Gewalt entwenden, es ist besser, ihn mit dem Versprechen der ersten zwei Dollar fünfzig, die man auf einem Mühlstein den Fluss vorbeitreiben sieht, einzuwickeln. In der arglosen Einfalt, die seinem Alter von Natur aus zukommt, wird er dies als einen völlig gerechten Handel ansehen. Zu allen Zeiten hat diese plausible Geschichte noch jedes begriffsstutzige Kind in finanziellen Ruin und Desaster gestürzt.

Sollte man es irgendwann einmal für notwendig erachten, den Bruder zu maßregeln, so tue man dies nicht mit Schlamm – niemals, unter keinen Umständen, bewerfe man ihn mit Schlamm, denn es würde seine Kleidung beschmutzen. Besser ist es, ihn ein wenig zu verbrühen, dann fördert man die wünschenswerten Erfolge zutage. Man gewinnt umgehend seine ganze Aufmerksamkeit für die Lektionen, die ihm zugedacht sind, und gleichzeitig wird das heiße Wasser dabei helfen, Verunreinigungen seiner Person, womöglich auch der Haut, zu entfernen, zumindest stellenweise.

Wenn die Mutter einem aufträgt, etwas zu tun, ist es falsch, ihr zu widersprechen. Besser und schicklicher ist es, den Anschein zu erwecken, man käme ihrer Bitte nach, um dann stillschweigend so zu handeln, wie es das eigene Urteilsvermögen gebietet.

Nie darf man vergessen, dass es die liebenswerten Eltern sind, denen man seine Mahlzeiten verdankt, genauso wie das Privileg, zu Hause zu bleiben, statt in die Schule zu gehen, wenn man so tut, als ob man krank wäre.

Darum geziemt es sich, ihre kleinen Voreingenommenheiten zu respektieren, ihnen ihre kleinen Launen nachzusehen und ihre kleinen Schrullen zu ertragen, solange sie einem nicht allzu sehr auf die Pelle rücken.

Anständige kleine Fräulein zollen älteren Herrschaften stets den gebührenden Respekt. Man sollte betagten Leuten niemals freche Antworten geben, es sei denn, sie werden als Erste frech.

Ende

Ende
Ende